Nicole Schäufler

Schwanger im Herbst

Ein Herbstbuch für alle werdenden Mütter

edition riedenburg

Inhalt

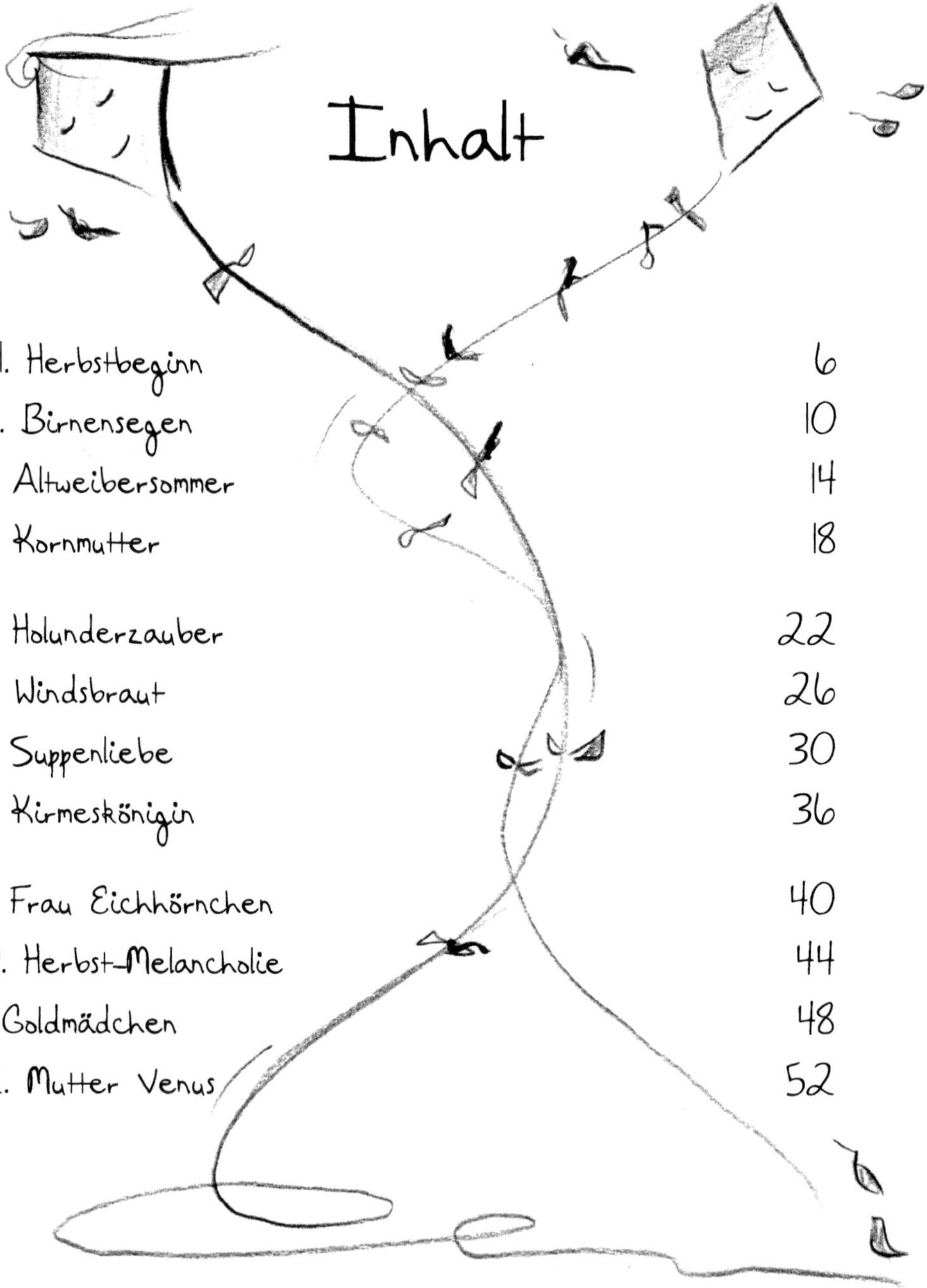

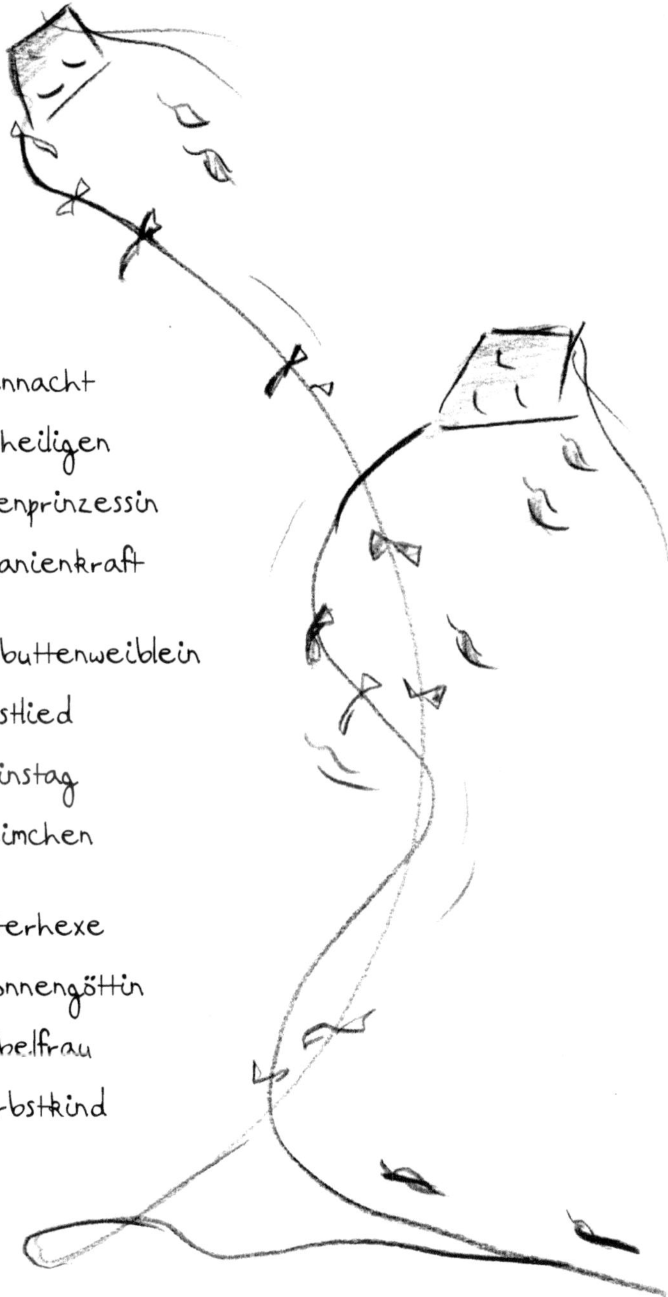

Für alle werdenden
Mamas und für dich:

Was für ein Glück, gerade
im Herbst schwanger zu sein!

Im Herbst geht die ganze Natur schwanger: Überall runden sich Früchte. Überall wachsen Samenkörnchen in fruchtigen Hüllen. Überall Äpfel, Birnen und Beeren. Mutter Natur erwartet ihre Kinder, genau wie du auf deines wartest.

Dieses Buch erzählt dir vom Rhythmus der Natur im Herbst und davon, wie ähnlich er deinem eigenen ist. Viele Bilder, Lieder, Gedichte und Rezepte begleiten dich dabei. Bald wirst du erkennen:

Der Herbst ist eine hochschwangere Jahreszeit
und ein Segen für alle werdenden Mütter.

1. Herbstbeginn

Der Herbst beginnt leise
und doch unverkennbar:

Eine erste kühle Nacht, Stare, die sich auf den Stromleitungen sammeln, und Anemonen und Astern in den Gärtnereien. Für Schwangere sind diese Tage nach der großen Sommerhitze besonders wohltuend. Der Kreislauf wird entlastet und alle Bewegungen fallen leichter.

Vielleicht bekommst auch du Lust auf einen Spaziergang. Wer eben noch sommerlich träge im Liegestuhl lag, hat mit dem ersten kühlen Windhauch plötzlich Lust auf neue Projekte.

Da wundert es auch nicht, dass im Herbst
die meisten Schwangerschaften beginnen.

Herbst

Es ist nun der Herbst gekommen,
hat das schöne Sommerkleid
von den Feldern weggenommen
und die Blätter ausgestreut,
vor dem bösen Winterwinde
deckt er warm und sachte zu
mit dem bunten Laub die Gründe,
die schon müde gehn zur Ruh.

Durch die Felder sieht man fahren
eine wunderschöne Frau,
und von ihren langen Haaren
goldne Fäden auf der Au
spinnet sie und singt im Gehen:
Eia, meine Blümelein,
nicht nach andern immer sehen,
eia, schlafet, schlafet ein.

Text: Joseph von Eichendorff (1788–1857) ~ gekürzt ~

2. Birnensegen

Wohl keine andere Frucht steht so

für den Herbst wie die Birne.

Reichlich Birnen deuteten unsere Vorfahren als Zeichen für Kindersegen. Und so sehr wundert das auch nicht, denn erinnern hunderte Birnen an einem großen Baum nicht an hunderte kleine Schwangere? Die „weibliche Form“ der Frucht mit schmalen Schultern und rundem Bauch inspirierte die Menschen. Sie besangen sie sogar als Kinderbringer.

Vielleicht kennst du das alte Lied vom Birnbaum –

das beginnt mit „Drunt' in der grünen Au“

und endet mit einem Kindchen.

Die Herbstsonne im Glas: mit deinem eigenen Birnenkompott für die Schwangerschaft

Du brauchst:

1 kg Birnen

1 Zitrone

1 Zimtstange

3 Nelken

500 ml Wasser

40 g Zucker • 1 Päckchen Vanillezucker

Die Birnen schälen, entkernen und in größere Stücke schneiden. Das Wasser mit dem Saft der Zitrone, der Zimtstange, den Nelken und dem Zucker aufkochen. Die Birnenstücke und den Vanillezucker zugeben und 5 bis 10 Minuten köcheln lassen. Noch heiß in Gläser füllen, luftdicht verschließen und bis zum Verzehr kühl lagern. Passt wunderbar zu vielen Süßspeisen wie Milchreis oder Eierkuchen.

Spannenlanger Hansel

Spannenlanger Hansel,
nudeldicke Dirn',
gehn wir in den Garten,
schütteln wir die Birn'.
Schüttle ich die großen,
schüttelst du die klein',
wenn das Säcklein voll ist,
gehn wir wieder heim.

Lauf doch nicht so närrisch,
spannenlanger Hans!
Ich verlier' die Birnen
und die Schuh noch ganz.
Trägst ja nur die kleinen,
nudeldicke Dirn,
und ich schlepp den schweren Sack
mit den großen Birn'.

Text und Melodie: Volksweise

3. Altweibersommer

Folgen im Herbst mehrere warme, sonnige Tage aufeinander, sprechen wir vom „Altweibersommer".

In manchen Regionen nennt man diese Zeit auch Frauensommer, Mädchensommer oder Witwensommer. Auffällig ist die meist feminine Zuschreibung.

Über sie gibt es verschiedene Theorien. Zum Beispiel wird die Ähnlichkeit zwischen dem feinen, weißen Haar alter Frauen und den herbstlichen Fäden der Baldachinspinnen verantwortlich gemacht. Auch das Wort „weben" wird als Ursprung vermutet (Spinn-web-sommer). Die feinen Spinnfäden galten in jedem Fall als Glücksbringer nicht nur für alte, sondern auch für junge Frauen.

Sie verhießen Glück und eine Heirat.

Spätere Kinder nicht ausgeschlossen.

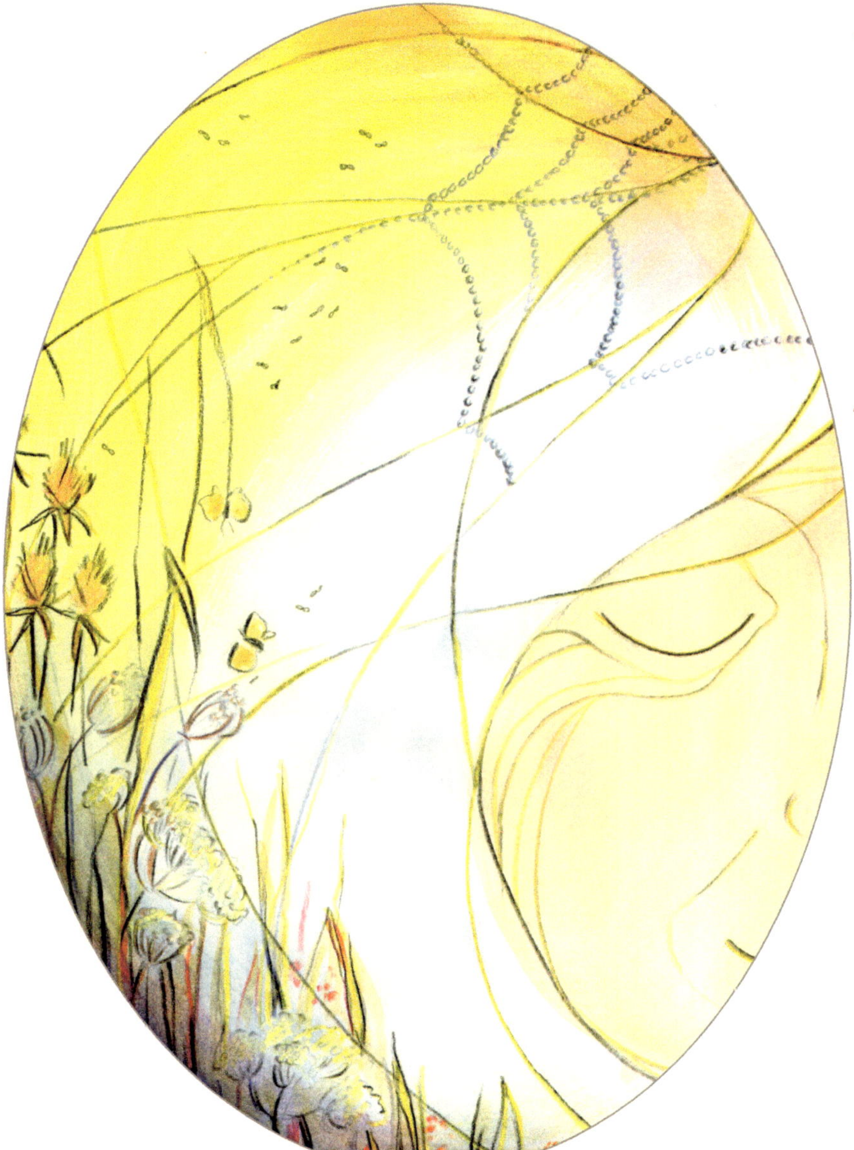

Mit Trommel und Trab

Sitzen zwei alte Weiber im Sand,
spinnen viel feine Fäden über Land,
über Bäume,
über Zäune,
um Stoppel und Dorn,
immer von vorn.

Für wen sitzen die alten Weiber im Sand,
spinnen viel feine Fäden über Land?
Für Wildbub Kraushaar,
kommt alle hundert Jahr
mit Trommel und Trab
vom Himmel herab,
reißt alle Fäden auf einmal ab,
macht sich ein'n Mützenpuschel draus
und lacht die alten Weiber aus.

Text: Paula Dehmel (1862–1918)

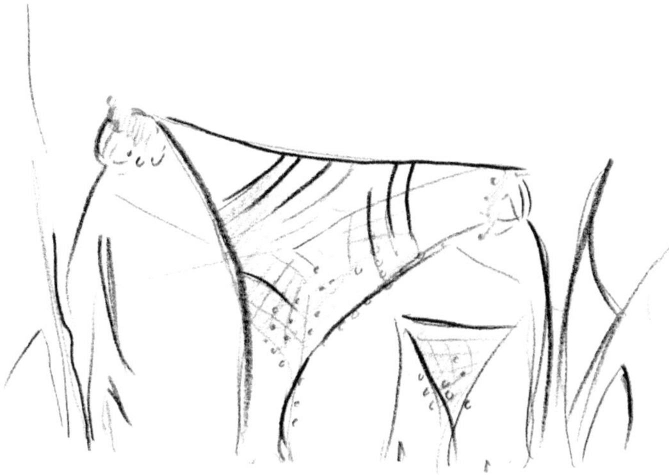

Septembermorgen

Im Nebel ruhet noch die Welt,
noch träumen Wald und Wiesen;
bald siehst du, wenn der Schleier fällt,
den blauen Himmel unverstellt,
herbstkräftig die gedämpfte Welt
in warmem Golde fließen.

Text: Eduard Mörike (1804–1875)

4. Kornmutter

Zwischen dem 22. und dem 24. September liegt jedes Jahr das Datum, an dem Tag und Nacht gleich lang sind.

Nun beginnt der kalendarische Herbst. Für unsere Vorfahren war dieser Termin von großer Bedeutung, denn nun wurden die Tage deutlich kürzer und die kalte Jahreszeit stand ins Haus.

Also erntete man die Felder ab und ließ vielerorts die letzten drei Halme für die sogenannte „Kornmutter“ stehen. „Roggenmuhme“, „Habergeiß“ und „Fru Holle“ nannte man diese Fruchtbarkeitsgöttin ebenfalls. Die „Kornmutter“ sollte im neuen Jahr für neues Leben sorgen.

Sie war wie du schwanger im Herbst mit dem Nachwuchs, den man sich erhoffte.

Wie in alten Zeiten:

Kornmutters Puppen

Stroh- oder Erntepuppen kennt man fast auf der ganzen Welt. Ursprünglich hatten sie immer symbolische Bedeutung und waren eine Art Dank für die Ernte. Als kleinen Glücksbringer für die Schwangerschaft kannst du dir selbst mit ein wenig Stroh oder Bast ein solches Püppchen binden.

Noch zwei

Durch das Feld ging die Familie,
als mit glückbegabter Hand
sanft errötend Frau Ottilie
eine Doppelähre fand.

Was die alte Sage kündet,
hat sich öfter schon bewährt:
Dem, der solche Ähren findet,
wird ein Doppelglück beschert.

Vater Franz blickt scheu zur Seite.
Zwei zu fünf, das wäre viel.
Kinder, sprach er, aber heute
ist es ungewöhnlich schwül.

Text: Wilhelm Busch (1832–1908)

5. Holunderzauber

Im September reift der Holunder, der
früher als Lebensbaum galt.

Er brachte Segen in das Haus und durfte in keinem Garten fehlen. Blüten und Beeren wirkten gegen Fieber und Entzündungen. Für Frauen mit Kinderwunsch hatte er möglicherweise noch größere Bedeutung. Denn herbstliche Fruchtbarkeitstänze – Herbstreigen – fanden wohl bevorzugt um seine schwarze Beerenpracht herum statt.

So meinen manche Kulturhistoriker, dass die aus dem Kinderlied bekannten „Kinder unterm Hollerbusch“ gar nicht mehr so klein waren und ihr „Huschhuschhusch“ durchaus erotische Bedeutung haben könnte.

Achtung: Holunderbeeren nie roh essen, denn
so können sie Übelkeit hervorrufen!

Der Herbst auf dem Teller: Großmutters Holunderplätzchen

Du brauchst:

250 g Mehl • 1 TL Backpulver

150 g Zucker • 1 Päckchen Vanillezucker

150 g geriebene Haselnüsse oder Mandeln

1 Prise Salz

150 g Butter

1 Ei

200 g Holunderbeerengelee

Die trockenen Zutaten (Mehl, Backpulver, Zucker, Vanillezucker, Haselnüsse/Mandeln und Salz) vermengen. Die Butter in kleinen Stückchen zugeben. Gemeinsam mit dem Ei verkneten und den Teig anschließend eine Stunde kühl stellen. Walnussgroße Kugeln aus dem Teig formen und in der Mitte etwas eindrücken. Holundergelee in die Vertiefung füllen. Die Plätzchen bei 180 Grad Celsius 15 Minuten backen.

Ringel, Ringel, Reihe

Ringel, Ringel, Reihe,
wir sind der Kinder dreie,
wir sitzen unterm Hollerbusch,
und machen alle Huschhuschhusch!

Text und Melodie: Volksweise

6. Windsbraut

Zu den wichtigen Naturphänomenen im Herbst

gehört natürlich auch die Windsbraut.

Sie ist ein weiblicher Wirbelsturm, der besonders gern im Herbst tobt. Die Windsbraut ist nur schwer in Worte zu fassen, was ganz ihrem stürmischen, wechselnden Wesen entspricht. Folgerichtig wurde sie wenig bedichtet, aber oft gemalt.

Als Schwangere wirst du dich ihr oft nah fühlen, denn so manches Gefühl braust mit ungeahnter Kraft durch dein Herz. Die Ärzte nennen das „Hormonschwankungen". Mag sein.

Anfühlen tut es sich

wie die Windsbraut.

Die Windsbraut

Da aber der Südwind wehete und sie meineten, sie hätten nun ihr Vornehmen, erhoben sie sich gen Assus, und fuhren an Kreta hin. Nicht lange aber darnach erhob sich wider ihr Vornehmen eine Windsbraut, die man nennet Nord-Ost. Und da das Schiff ergriffen ward, und konnte sich nicht wider den Wind richten, gaben wir es dahin und schwebten also.

(Auszug aus: Martin Luthers Übersetzung der Apostelgeschichte,
Kapitel 27 – Paulus auf der Fahrt nach Rom)

Windfreude

Wenn der Wind über die Felder rennt,
renn ich mit!
Da denk ich, dass ich fliegen kann,
und guck mir lustig die Vögel an:
Susewitt! Susewitt!

Wenn der Wind durch die Sträucher und Bäume fegt,
feg ich mit!
Die Blütenblätter feg ich zuhauf
und setz mir vom Ahorn ein Nasenhütchen auf:
Susewitt! Susewitt!

Wenn der Wind durch die Turmluken singt und pfeift,
pfeif ich mit!
Sein Jodler fällt mir gar nicht schwer,
und den Brummbass lern ich so nebenher:
Susewitt! Susewitt!

Text: Paula Dehmel (1862–1918)

7. Suppenliebe

Unverzichtbar für jede Schwangere

im Herbst: eine heiße Suppe.

Wenn die Tage kühler werden, wärmt sie wohlig von innen. Der Herbst hält wunderbare Gemüse für deine Wunschsuppe bereit: Kartoffeln, Rüben, Sellerie, Wirsing, Rosenkohl, Weißkohl, Möhren – es lässt sich gar nicht alles aufzählen. Und fast alle so schön rund wie ein Schwangerenbauch.

Wenn du Graupen oder Hirse dazugibst, hast du eine Suppe, wie sie auch früher die werdenden Mütter oft gegessen haben.

Suppen und Breie mit Getreide und Gemüse

waren einst ein Hauptnahrungsmittel.

Von einer schweren Geburt rund um eine Herbstrübe und der Hilfe der gesamten Familie erzählt das russische Märchen:

Das Rübchen

Großvater hat ein Rübchen gesteckt und spricht zu ihm: „Wachse, mein Rübchen, wachse, werde süß! Wachse, Rübchen, wachse, werde fest!"

Das Rübchen ist herangewachsen: süß und groß – riesengroß. Großvater geht das Rübchen ausziehn. Er zieht und zieht – und kann's nicht herausziehen.

Da ruft der Großvater die Großmutter.

Die Großmutter fasst den Großvater an,
der Großvater das Rübchen –
sie ziehn und ziehn – und können's nicht
herausziehn [...]

Nacheinander werden gerufen:

die Enkelin,

das Hündlein,

das Kätzchen

und zum Schluss das Mäuslein:

Das Mäuslein fasst das Kätzchen an,
das Kätzchen fasst das Hündelein an,
das Hündelein das Enkelein,
das Enkelein die Großmutter,
die Großmutter den Großvater,
der Großvater das Rübchen –
sie ziehn und ziehn –
und haben das Rübchen herausgezogen.

Text: Alexej Tolstoi (1883–1945) - gekürzt -

Rezept für vegetarische Gelbe Rübensuppe

Du brauchst:

1 kg gelbe Rüben

100 g Butter

2 Zwiebeln

3 EL Mehl

0,8 l Gemüsebrühe

0,3 l Milch

Zuerst die Zwiebeln und Rüben schälen und klein stückeln. Dann in der Butter anschwitzen und Mehl darüber stäuben. Gemüsebrühe und Milch dazugeben, würzen und ca. 40 Minuten kochen lassen.

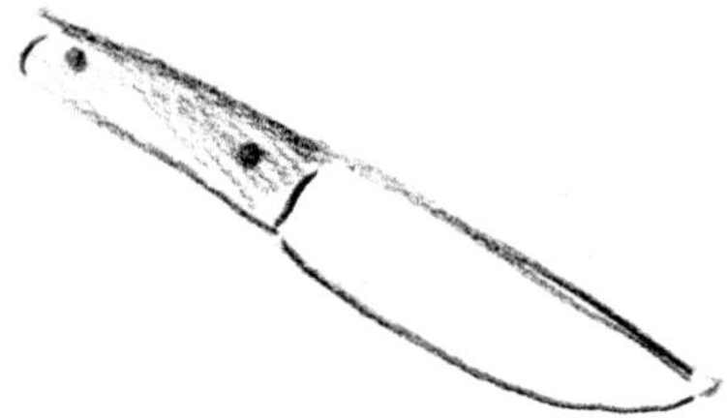

Abzählreime aus der Herbstküche

Eins, zwei, drei,
Butter auf den Brei,
Salz auf den Speck,
du musst weg.

Eins, zwei, drei, vier, fünf, sechs, sieben,
meine Mutter, die kocht Rüben,
meine Mutter schneidet Speck,
eins, zwei, drei und du bist weg.

Text: Volksgut

8. Kirmeskönigin

Die Kirmes gehört als Kirchweihfest, Dorffest,

Festwies'n oder herbstlicher Jahrmarkt

zum Jahreskalender vieler Orte.

Und obwohl sie nicht im Mittelpunkt stehen: Schon immer waren auf der Kirmes natürlich auch schwangere Frauen dabei. Das Tanzen oblag dabei eher den jüngeren, unverheirateten Mädchen; werdende Mütter fanden sich dagegen oft in der Zuschauer- und Helferrolle.

Heute gilt es zum Glück nicht mehr als unschicklich, mit Schwangerschaftsbäuchlein zu tanzen. Du kannst selbst einschätzen, wieviel Bewegung und Musik dir und deinem Kind angenehm ist.

Manchmal reicht es sicher auch, wenn

dein Kind im Bauch tanzt.

Bunt sind schon die Wälder

Bunt sind schon die Wälder,
gelb die Stoppelfelder,
und der Herbst beginnt.
Rote Blätter fallen,
graue Nebel wallen,
kühler weht der Wind.

Wie die volle Traube
aus dem Rebenlaube
purpurfarbig strahlt!
Am Geländer reifen
Pfirsiche, mit Streifen
rot und weiß bemalt.

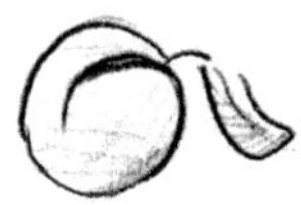

Flinke Träger springen,
und die Mädchen singen,
alles jubelt froh!
Bunte Bänder schweben
zwischen hohen Reben
auf dem Hut von Stroh.

Geige tönt und Flöte
bei der Abendröte
und im Mondesglanz;
junge Winzerinnen
winken und beginnen
frohen Erntetanz.

Text: Johann Gaudenz von Salis-Seewis (1762–1834),
Melodie: Johann Friedrich Reichardt (1752–1814)

9. Frau Eichhörnchen

Werdende Mütter entwickeln oft einen ausgeprägten Sammeltrieb.

Sie sammeln Baby-Kleidung, Kinderspielzeug, Schnuller, Fläschchen, Wiege, Stühlchen, Kinderwagen, Autositz und jede Menge gute Ratschläge ein. So füllt sich mancher Schrank und manches Zimmer.

In der Natur sieht es im Herbst nicht anders aus: Es ist die große Jahreszeit des Sammelns. Am bekanntesten ist natürlich das Eichhörnchen, das sich seinen Wintervorrat anlegt. So manche Nuss findet es zwar nie wieder, aber die Vorratshaltung an sich ist doch lebensnotwendig.

Sei also nicht so streng mit dir, wenn du etwa eher Unnötiges nach Hause bringst: Das ist einfach der herbstliche Sammeltrieb.

Nusszauber

Gab es früher in einem Jahr besonders viele Haselnüsse, dann sagten die Leute mancherorts, es gebe bald viele Kinder. Die Haselnuss galt als fruchtbringend und sogar als erotisches Symbol. In einigen Versionen des Grimmschen Märchens vom Aschenputtel ist der alte Nusszauber zum Beispiel überliefert:

Aschenputtel

[...] Er kaufte nun für die beiden Stiefschwestern schöne Kleider, Perlen und Edelsteine, und auf dem Rückweg, als er durch einen grünen Busch ritt, streifte ihn ein Haselreis und stieß ihm den Hut ab. Da brach er das Reis ab und nahm es mit. Als er nach Haus kam, gab er den Stieftöchtern, was sie sich gewünscht hatten, und dem Aschenputtel gab er das Reis von dem Haselbusch. Aschenputtel dankte ihm, ging zu seiner Mutter Grab und planzte das Reis darauf und weinte so sehr, dass die Tränen darauf niederfielen und es begossen. Es wuchs aber und ward ein schöner Baum. Aschenputtel ging alle Tage drei mal darunter, und allemal kam eine weißes Vöglein auf den Baum, und wenn es einen Wunsch aussprach, so warf ihm das Vöglein herab, was es sich gewünscht hatte [...]

Märchen nach Überlieferung der Brüder Grimm

Ging ein Weiblein Nüsse schütteln

Ging ein Weiblein Nüsse schütteln,
Nüsse schütteln, Nüsse schütteln;
alle Buben halfen rütteln, halfen rütteln, rums.

Ging ein Weiblein Himbeern pflücken,
Himbeern pflücken, Himbeern pflücken;
riss dabei den Rock in Stücken,
Rock in Stücken, rums.

Hat nicht nur den Rock zerrissen,
Rock zerrissen, Rock zerrissen;
wird die Schuh' auch flicken müssen,
flicken müssen, rums.

Text und Melodie: Volksweise

10. Herbst-Melancholie

Seien wir ehrlich:

Der Herbst kann auch recht trübe sein.

Über keine Jahreszeit sind so viele bedrückende Gedichte geschrieben worden. Die Tage werden merklich kürzer und kälter, die Wolken hingegen häufiger und regenschwerer. Das legt sich vielen aufs Gemüt.

Schwangere Frauen sind da keine Ausnahme. Auch werdende Mütter dürfen missmutig sein. Niemand kann sich monatelang Dauer-Freuen. Wenn dich solch betrübte Tage ereilen, dann sage dir: Sie gehören eben dazu. Der Herbst lehrt auch dieses:

Die Pflaumen, die jetzt am Baum reifen,

sind nicht alle fehlerfrei.

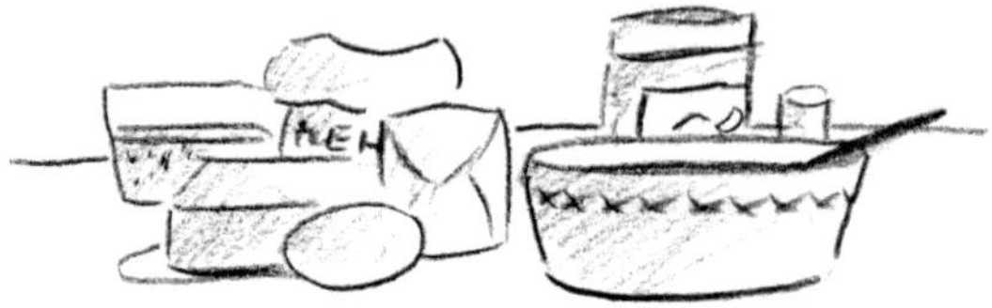

Gut für Leib und Seele:

Süßer Pflaumenkuchen mit Pudding

Du brauchst:

Für den Teig:

150 g Mehl

90 g Zucker

1 TL Backpulver

90 g Butter

1 Ei

Als Belag:

500 g Vanillepudding

1 Glas eingekochte Plaumen (entsteint)

Zimt

Zuerst Mehl, Zucker und Backpulver vermengen. Dann Butterstückchen und Ei zugeben und alles verkneten. Eine runde Kuchenform einfetten und zwei Drittel des sehr klebrigen Teigs (nasse Hände erleichtern das Ganze) in der Form sehr dünn verteilen. Den Pudding aufstreichen und dann die halbierten Pflaumen auflegen. Zum Schluss den restlichen Teig als kleine Streusel darüber krümeln. Bei 180 Grad Celsius 40 Minuten lang backen.

Licht ins Herz

Auch das ist Kunst, ist Gottesgabe,
aus ein paar sonnenhellen Tagen
sich so viel Licht ins Herz zu tragen,
dass, wenn der Sommer längst verweht,
das Leuchten immer noch besteht.

Text: Johann Wolfgang von Goethe (1749–1832)

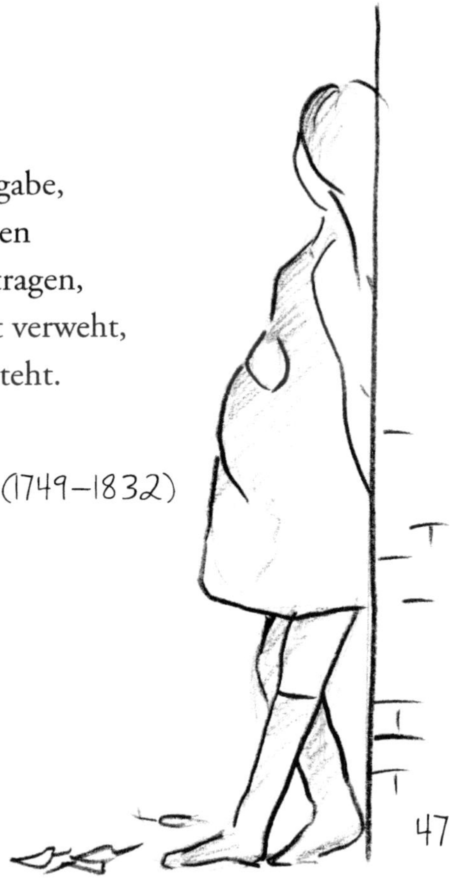

11. Goldmädchen

Jede Frau hat irgendwann Angst um ihr Kind,

oft sogar schon in der Schwangerschaft.

Unsere moderne Medizin kann daran wenig ändern. Mit dieser Angst umzugehen, ist für werdende Mütter nicht einfach. Jede Frau hat zwar ein gewisses „Bauchgefühl", aber letzte Gewissheit ist in einer Schwangerschaft nie möglich.

Die Angst der Frauen um ihr ungeborenes oder gerade geborenes Kind ist uralt. Viele Märchen und Geschichten erzählen bis heute von Kindern, die fast verloren gingen. Das sind keine Kindermärchen.

Diese Geschichten haben die Frauen einander

an langen Herbstabenden erzählt.

Rumpelstilzchen ist ohne Zweifel ein Märchen aus dem Herbst. Nur zu dieser Jahreszeit waren riesige Mengen an Stroh gelagert, die über den Winter reichen sollten. Im Märchen werden sie zu Gold versponnen; der Preis jedoch ist die Angst um das eigene Kind:

Rumpelstilzchen

[...] Der König aber hieß sie die dritte Nacht wieder in eine Kammer sperren, die war noch größer als die beiden ersten und ganz voll Stroh. „Und wenn dir das auch gelingt, sollst du meine Gemahlin werden." Da kam das Männlein und sagte: „Ich will es noch einmal tun, aber du musst mir das erste Kind versprechen, das du mit dem König bekommst." Sie versprach es in ihrer Not, und wie nun der König auch dieses Stroh in Gold verwandelt sah, nahm er die schöne Müllerstochter zu seiner Gemahlin. Bald darauf kam die Königin ins Wochenbett, da trat das Männlein vor die Königin und forderte das versprochene Kind. Die Königin aber bat, was sie konnte und bot dem Männchen alle Reichtümer an, wenn es ihr ihr Kind lassen wollte, allein alles war vergebens [...]

Märchen nach Überlieferung der Brüder Grimm

Geht leise

Geht leise –
Es ist müd von der Reise.
Es kommt weit her:
Vom Himmel übers Meer,
vom Meer den dunklen Weg ins Land –
bis es die kleine Wiege fand.
Geht leise.

Text: Paula Dehmel (1862–1918)

12. Mutter Venus

Am Himmel kannst du im Herbst schon zu

früher Stunde die Sterne beobachten.

Besonders die Venus, der hellste Stern am irdischen Firmament, leuchtet nun für dich – als Abend- oder Morgenstern.

In der römischen Mythologie wurde Venus nicht nur als Liebesgöttin, sondern vor allem als Stammmutter des gesamten römischen Volkes verehrt. Ihrem Sohn Aeneas schenkte sie nicht nur einmal das Leben. Im Trojanischen Krieg trug sie ihn verletzt aus der Schlacht und rettete ihn so.

In diesem Herbst schickt die starke Mutter Venus

dir und deinem Kind ihren Segen.

Für Herbstromantik unterm Sternenzelt:

Stockbrot mit Öl und Quark

Du brauchst:
300 g Mehl
1 Päckchen Backpulver
1 TL Salz
150 g Quark
5 EL Öl
5 EL Milch

Mehl, Backpulver und Salz vermengen. In einer zweiten Schüssel die weiteren Zutaten verrühren und anschließend mit der Mehlmischung verkneten. Den Teig dann in Stränge teilen, auf Holzstäbe aufrollen und über der Glut grillen.

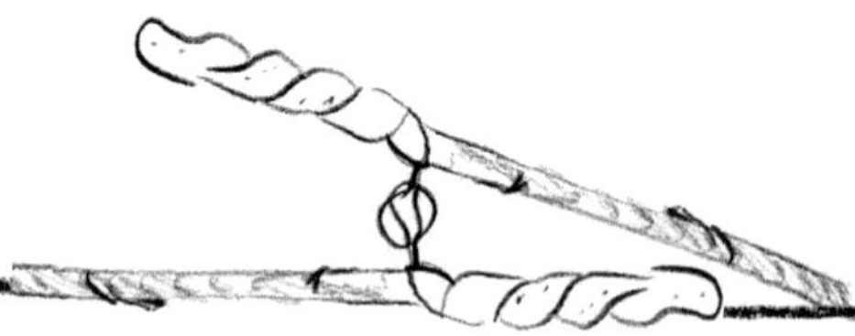

Beim Kartoffelfeuer

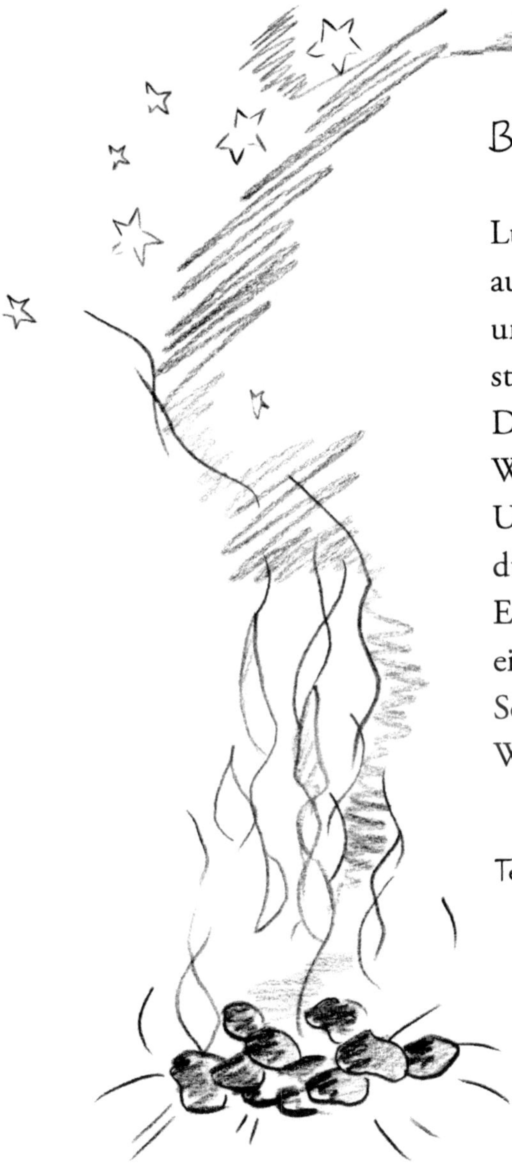

Lustig brennt das Feuerlein
auf der grünen Heide,
und die Kinder groß und klein
stehn dabei voll Freude.
Die Kartoffeln hurtig bringt!
Werft sie in die Kohlen!
Und ihr andern lauft und springt,
dürres Kraut zu holen!
Ei, das ist ein gut Gericht,
ein Kartoffelbraten!
So was hat ein König nicht.
Wenn sie nur geraten!

Text: Georg Christian Dieffenbach (1822–1901)

13. Hexennacht

Am letzten Tag im Oktober wird nicht nur der Reformationstag im evangelischen Christentum gefeiert.

Seit einigen Jahren verkleiden sich viele Kinder begeistert als Halloween-Gespenster und geistern am Abend durch die Straßen.

Dieser „neue“ Brauch ist eigentlich uralt und war früher auch in Mitteleuropa zu Hause. Dann zogen die Leute – auch Erwachsene – vermummt als Strohhexen, Perchten oder Hulleweiber durch die Gassen, heischten nach kleinen Gaben und spendeten den Häusern Segen. Kindersegen war für die Frauen besonders wichtig.

Gruselige Gesichter schnitzte man früher übrigens in Rüben. „Runkelfratzen“ hießen sie. Erst in der neuen Welt verwendete man Kürbisse.

Gar keine Hexerei:
Einfache Kürbissuppe

Du brauchst:

1 Zwiebel

600 g Hokkaido-Kürbis

50 g Butter

1/2 TL Thymian

200 ml Milch

2 TL Zitronensaft

Den Kürbis waschen, putzen und würfeln. Die Zwiebel ebenfalls würfeln und beides in etwas Butter andünsten. Thymian und etwas Salz und Pfeffer zugeben. Milch und ebensoviel Wasser dazugeben und alles aufkochen lassen. 20 Minuten auf kleiner Flamme köcheln lassen, dann pürieren und mit Zitronensaft, der restlichen Butter sowie Salz und Pfeffer abschmecken.

Das Hexen-Einmal-Eins

Du musst verstehn!
Aus Eins mach' Zehn,
und Zwei lass gehn,
und Drei mach' gleich,
so bist Du reich.
Verlier' die Vier!
Aus Fünf und Sechs,
so sagt die Hex',
mach' Sieben und Acht,
so ist's vollbracht:
Und Neun ist Eins,
und Zehn ist keins.
Das ist das Hexen-Einmal-Eins!

Text: Johann Wolfgang von Goethe (1749–1832)
in „Faust I"

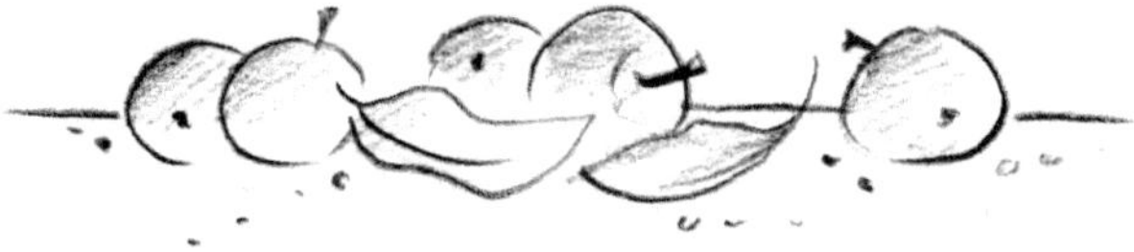

14. Allerheiligen

Ein hoher Feiertag ist im christlichen Kalender Allerheiligen am 1. November.

Für viele ist er ein Tag der inneren Einkehr. Auch der oft wolkenverhangene Charakter des Monats mag manchen dazu bringen, den Tag eher in Stille zu verbringen; ein wenig Ruhe tut schließlich jedem gut.

Sollte dir das zu trist werden, lass dir in den nächsten Tagen einen Spaziergang über den Wochenmarkt empfehlen. Dort leuchten dich die Farben der Herbstfrüchte an, allen voran natürlich die herrlich roten, gelben und grünen Äpfel. Nimm dir unbedingt einige mit.

Denn der Apfel steht für Liebe, Erotik und Nachwuchs: Er fällt nicht weit vom Stamm; das wirst du bald erleben.

Immer schon das neue Leben im nächsten Jahr im Blick: Bauernregeln im November

Novemberdonner hat die Kraft,
dass er viel Getreide schafft.

November warm und klar,
keine Sorge fürs nächste Jahr.

Donnert's im November gar,
so folgt ein gesegnetes Jahr.

Novemberwasser auf den Wiesen,
dann wird das Gras im Lenze sprießen.

Herbstbild

Dies ist ein Herbsttag, wie ich keinen sah!
Die Luft ist still, als atmete man kaum,
und dennoch fallen raschelnd, fern und nah,
die schönsten Früchte ab von jedem Baum.

O stört sie nicht, die Feier der Natur!
Dies ist die Lese, die sie selber hält,
denn heute löst sich von den Zweigen nur,
was vor dem milden Strahl der Sonne fällt.

Text: Friedrich Hebbel (1813–1863)

15. Erbsenprinzessin

Zu den wenigen Märchen, die mit einiger Sicherheit im Herbst verortet werden können, zählt Andersens „Prinzessin auf der Erbse".

Ist es doch ein grässlich-kalter Herbstschauer, der die Prinzessin zu ihrem Prinzen bringt. Die Erbse, auf der sie schlafen muss, galt früher als Fruchtbarkeitssymbol. Frischvermählte wurden mit Erbsen beworfen.

An manchen Orten gibt es bis heute den sogenannten „Erbsenbär", eine Gestalt, die meist zu Fastnacht umgeht, dabei in das Stroh der Erbsenpflanze gekleidet ist und fruchtbringende Schläge verteilt.

Und beginnt nicht jede Schwangerschaft mit einer winzigen, kaum erbsengroßen Hoffnung?

Die Prinzessin auf der Erbse

Es war einmal ein Prinz, der wollte eine Prinzessin heiraten, aber das sollte eine wirkliche Prinzessin sein. Da reiste er in der ganzen Welt umher, um eine zu finden, aber überall stand dem etwas entgegen. [...] Da kam er denn wieder nach Hause und war traurig, denn er wollte doch gar zu gern eine wirkliche Prinzessin haben.

Eines Abends zog ein schreckliches Gewitter auf, es blitzte und donnerte, der Regen strömte herunter, es war entsetzlich. Da klopfte es an das Stadttor, und der alte König ging hin, um aufzumachen. Es war eine Prinzessin, die draußen vor dem Tor stand. Aber, o Gott, wie sah die von dem Regen und dem bösen Wetter aus! Das Wasser lief ihr von dem Haar und von den Kleidern herunter, es lief in die Schnäbel der Schuhe herein und bei den Hacken wieder hinaus und doch sagte sie, dass sie eine wirkliche Prinzessin sei.

„Ja, das werden wir schon erfahren!“, dachte die alte Königin. Aber sie sagte nichts, ging in die Schlafkammer hinein, nahm alle Betten ab und legte eine Erbse auf den Boden der Bettstelle. Darauf nahm sie zwanzig Matratzen und legte sie auf die Erbse und dann noch zwanzig Eiderdaunenbetten oben auf die Matratzen [...]

Hans Christian Andersen (1805–1875)

Ein Talisman für dich:

Kleines Erbsensäckchen

Einen kleinen Schwangerschaftstalisman kannst du dir selbst zaubern. Einfach ein paar getrocknete Erbsen in ein Baumwoll- oder Leinensäckchen füllen, Schleife drum und über dein Bett hängen. Es bringt dir sicher Glück, so wie der Prinzessin auf der Erbse.

16. Kastanienkraft

Zu den bekanntesten Früchten des

Herbstes zählt die Kastanie.

Früher stand sie als Esskastanie oder Maroni häufiger auf dem Speisezettel; heute haben viele die (nicht essbare) Rosskastanie als Herbstfrucht vor Augen. Sie eignet sich nicht nur für Bastelarbeiten der Kinder, sondern auch als wunderbare Deko für dein Fenster oder deinen Tisch.

Und lass die Stacheln ruhig an den Früchten, wenn du sie in eine Schale füllst. Denn auch als Schwangere kann man hin und wieder einiger Missgunst ausgesetzt sein.

So ein Stachelkleid wie das der Kastanie hast du dir

dann vielleicht auch schon einmal gewünscht.

Herbstklassiker:

Flammkuchen mit Schinkenspeck

Du brauchst:

Für den Teig:

250 g Mehl

1 TL Salz

100 ml Wasser

2 TL Sonnenblumenöl

Für den Belag:

1 Becher Schmand

1 Ei

100 g Schinkenspeck in Streifen

1 Zwiebel

Zuerst Mehl und Salz vermengen, dann Wasser und Öl damit verkneten. Den Teig eine Stunde lang kühl ruhen lassen. Dann den Teig in zwei Hälften teilen und in zwei hauchdünnen Teigplatten auf ein Backblech legen. Schmand und Ei verrühren, mit Salz und Pfeffer würzen und auf die Teigplatten streichen. Mit Schinkenstreifen und Zwiebelringen belegen. 15 Minuten bei 220 Grad backen.

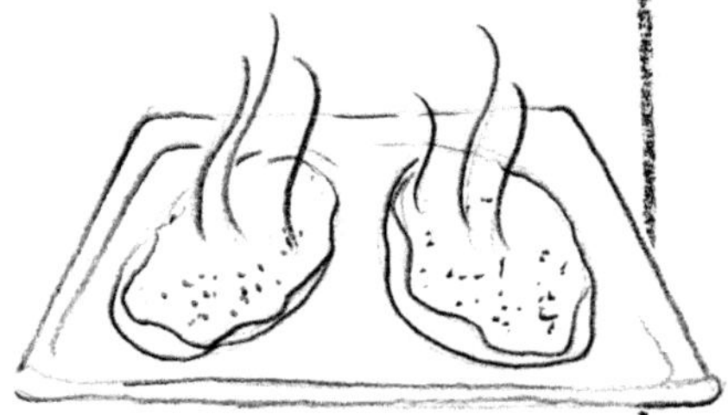

Für die vegetarische Variante einfach mit deinem Lieblingsgemüse statt mit Schinken belegen.

Herbsttag

Herr: Es ist Zeit. Der Sommer war sehr groß.
Leg deinen Schatten auf die Sonnenuhren,
und auf den Fluren lass die Winde los.

Befiehl den letzten Früchten voll zu sein;
gib ihnen noch zwei südlichere Tage,
dränge sie zur Vollendung hin und jage
die letzte Süße in den schweren Wein.

Wer jetzt kein Haus hat, baut sich keines mehr.
Wer jetzt allein ist, wird es lange bleiben,
wird wachen, lesen, lange Briefe schreiben
und wird in den Alleen hin und her
unruhig wandern, wenn die Blätter treiben.

Text: Rainer Maria Rilke (1875–1926)

17. Hagebuttenweiblein

So viele Früchte und Beeren reifen im Herbst,

dass man sie eigentlich kaum aufzählen kann.

Vielleicht hast auch du deinen ganz persönlichen Herbstliebling: die wilde Hagebutte, den goldenen Sanddorn, die geheimnisvolle Schlehe. Aus fast allen lassen sich Tees oder Konfitüren mit positiver Wirkung zaubern.

So empfahl man früher zum Beispiel Hagebutten bei Erkältung und als schlafförderndes Mittel. Das Rosengewächs galt als entspannend.

Nicht zufällig schläft Dornröschen ausgerechnet

hinter einer Rosendornenhecke.

Viele Schlehenblüten deuteten früher auf viele (uneheliche) Kinder hin: Schlehengelee für reichen Kindersegen

Du brauchst:

500 g Schlehen

500 g Äpfel

1 kg Gelierzucker

1/2 TL Zimt

1 Päckchen Vanillezucker

1 Zitrone

Die Schlehen erst nach dem ersten Nachtfrost pflücken. Äpfel schälen, entkernen und in Stücke schneiden, dann mit den Schlehen, Zitronensaft und Zimt in etwas Wasser aufkochen. Eine halbe Stunde köcheln lassen, dann passieren und den Saft mit der gleichen Menge Gelierzucker nochmals aufkochen. Noch heiß in Gläser füllen.

Ein Männlein steht im Walde

Ein Männlein steht im Walde ganz still und stumm,
es hat von lauter Purpur ein Mäntlein um.
Sagt, wer mag das Männlein sein,
das da steht im Wald allein
mit dem purpurroten Mäntelein.

Das Männlein steht im Walde auf einem Bein
und hat auf seinem Haupte schwarz Käpplein klein.
Sagt, wer mag das Männlein sein,
das da steht im Wald allein
mit dem kleinen schwarzen Käppelein?

gesprochen:
Das Männlein dort auf einem Bein
mit seinem roten Mäntelein
und seinem schwarzen Käppelein
kann nur die Hagebutte sein.

Text: August Heinrich Hoffmann von Fallersleben (1798–1874)
Melodie: Volksweise

18. Herbstlied

Wenn draußen der Wind um das Haus saust,

klingt es manchmal, als sänge er ein Lied.

Und vielleicht singt er ja wirklich und will dich dazu bringen, selbst ein Herbstlied anzustimmen. Dann lass dich als werdende Mutter nicht lang bitten. Denn ungefähr ab der 23. Schwangerschaftwoche kann dein Kind deine Stimme tatsächlich hören.

Kinder erkennen später die Stimme und die Sprache ihrer Mutter wieder. Auch dein Kind wird sich dir einmal näher fühlen, wenn du ihm immer wieder vorsingst.

Einfache Melodien, die du vielleicht noch aus deiner

Kinderzeit kennst, eignen sich besonders gut.

Es klappert die Mühle am rauschenden Bach

Es klappert die Mühle am rauschenden Bach, klipp klapp.
Bei Tag und bei Nacht ist der Müller stets wach, klipp klapp.
Er mahlet uns Korn zu dem kräftigen Brot,
und haben wir solches, so hat's keine Not.
Klipp klapp, klipp klapp, klipp klapp!

Flink laufen die Räder und drehen den Stein, klipp klapp,
und mahlen den Weizen zu Mehl uns so fein, klipp klapp.
Der Bäcker dann Zwieback und Kuchen draus bäckt,
der immer den Kindern besonders gut schmeckt.
Klipp klapp, klipp klapp, klipp klapp!

Text: Ernst Anschütz (1780–1861) ~ gekürzt ~
Melodie: Volksweise

Wiegenlied

Höre, mein Kindchen, was will ich dir singen,
Äpfel und Birnen soll Vater mitbringen,
Pflaumen, Rosinen und Feigen,
mein Kindchen soll schlafen und schweigen.

Und will mein Kind durchaus nicht schweigen,
so geb ich Mandeln ihm und Feigen
und dazu noch ein Honigbrot.
Weil aber alles ist zu teuer,
begnügt es sich mit Semmeln heuer,
die machen auch die Wangen rot.

Text: Liedsammlung „Des Knaben Wunderhorn“

19. Martinstag

Am 11. November wird traditionell

der Martinstag gefeiert.

Vielleicht kennst du die Legenden um den Heiligen Martin oder den traditionellen Martinsumzug noch aus deiner Kindheit.

Besonders interessant für schwangere Frauen ist außerdem die (Martins-)Gans, die im Herbst geschlachtet wird. Gänsefedern und Daunen waren nämlich schon früher wichtig für die Betten von Neugeborenen; Stroh hätte die Kleinen nicht genug gewärmt. Im Herbst flogen demnach die Federn. Im Lied „Suse, liebe Suse“ müssen Gans und sogar Gänseküken, die im Stroh sitzen, Federn lassen fürs Baby:

„Rupfen wir ihm dann die Federchen aus,
machen dem Kindlein ein Bettlein daraus.“

Ganz traditionell: Martinsbrötchen

Du brauchst:

130 g Zucker

2 Päckchen Vanillezucker

1 Prise Salz

250 g Quark

50 ml Öl

50 ml Milch

500 g Mehl

1 Päckchen Backpulver

1 Eigelb (zum Bestreichen)

Zucker, Vanillezucker und Salz mischen. Dann Quark, Öl und Milch zugeben und verrühren. Mehl und Backpulver mischen und mit der Zucker-Quark-Masse schnell verkneten. Kleine Brötchen formen und mit Eigelb bepinseln. Bei 190 Grad Celsius 20 Minuten backen.

Ich geh‘ mit meiner Laterne

Ich geh‘ mit meiner Laterne
und meine Laterne mit mir.
Da oben leuchten die Sterne
und unten leuchten wir.

Mein Licht ist aus,
ich geh’ nach Haus,
rabimmel, rabammel, rabumm.

Mein Licht ist aus,
ich geh’ nach Haus,
rabimmel, rabammel, rabumm.

Text und Melodie: Volksweise

20. Heimchen

Sich zu Hause warm einkuscheln und
bloß nicht vor die Tür gehen.

Je länger der Herbst dauert, umso öfter möchtest du sicher nach diesem Grundsatz verfahren. Und wie ein wärmendes Haus ist auch dein Bauch für dein Kind. Da mögen draußen die Herbststürme toben. Da mag es kälter werden und trüber: In seiner runden Heimstatt kann dein Kindchen friedlich liegen, träumen und schlafen.

Gönne dir auch selbst immer wieder eine Ruhepause. Leg die Füße hoch und faulenze mit bestem Gewissen. Das tut euch beiden gut.

Sei gewiss: Im nächsten Herbst sorgt ein kleiner
Wirbelwind dafür, dass es auch *im* Haus stürmischer ist!

November

Solchen Monat muss man loben:
Keiner kann wie dieser toben,
keiner so verdrießlich sein
und so ohne Sonnenschein!
Keiner so in Wolken maulen,
keiner so mit Sturmwind graulen!
Und wie nass er alles macht!
Ja, es ist die wahre Pracht.

Seht das schöne Schlackerwetter!
Und die armen welken Blätter,
wie sie tanzen in dem Wind
und so ganz verloren sind!
Wie der Sturm sie jagt und zwirbelt
und sie durcheinander wirbelt
und sie hetzt ohn‘ Unterlass:
Ja, das ist Novemberspaß!

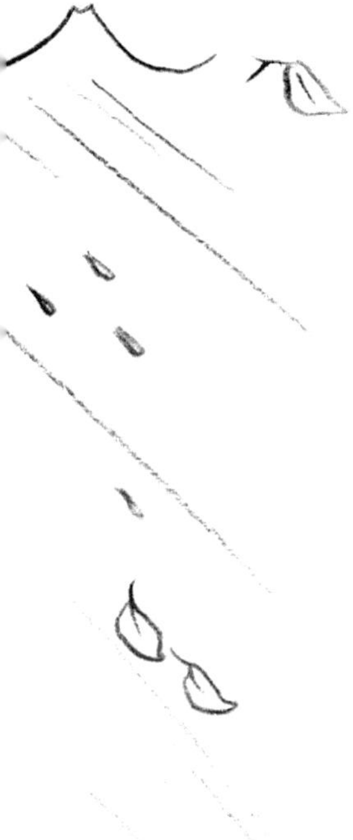

Und die Scheiben, wie sie rinnen!
Und die Wolken, wie sie spinnen
ihren feuchten Himmelstau
ur und ewig, trüb und grau!
Auf dem Dach die Regentropfen:
Wie sie pochen, wie sie klopfen!
Und an jeder Traufe hängt
Trän' an Träne dicht gedrängt.

O, wie ist der Mann zu loben,
der solch unvernünft'ges Toben
schon im voraus hat bedacht
und die Häuser hohl gemacht!
So dass wir im Trocknen hausen
und mit stillvergnügtem Grausen
und in wohlgeborgner Ruh
solchem Greuel schauen zu!

Text: Heinrich Seidel (1842–1906)

21. Wetterhexe

Manchmal will das stürmische Herbstwetter

gar kein Ende nehmen.

Dann tobt ohne Zweifel eine Wetterhexe am Himmel – zugegeben keine sehr beliebte Frauengestalt. Zänkische Frauen werden bis heute als „Gewitterhexen“ verschrien.

Vielleicht steckt dahinter auch nur die alte Angst vor einer Frau, die so mächtig ist, dass sie (auf einem Besen?) durch die graue Herbstnacht fliegen, zaubern und geheimnisvolle Tränke brauen kann. Frauen wurde früher oft Hexerei nachgesagt – im Guten wie im Bösen. Unbestritten ist heute:

So manche Schwangere verdankt die gesunde Geburt

ihres Kindes einer „alten Hexe“.

Wärmt von innen:

Heißer Holunderpunsch ohne Alkohol

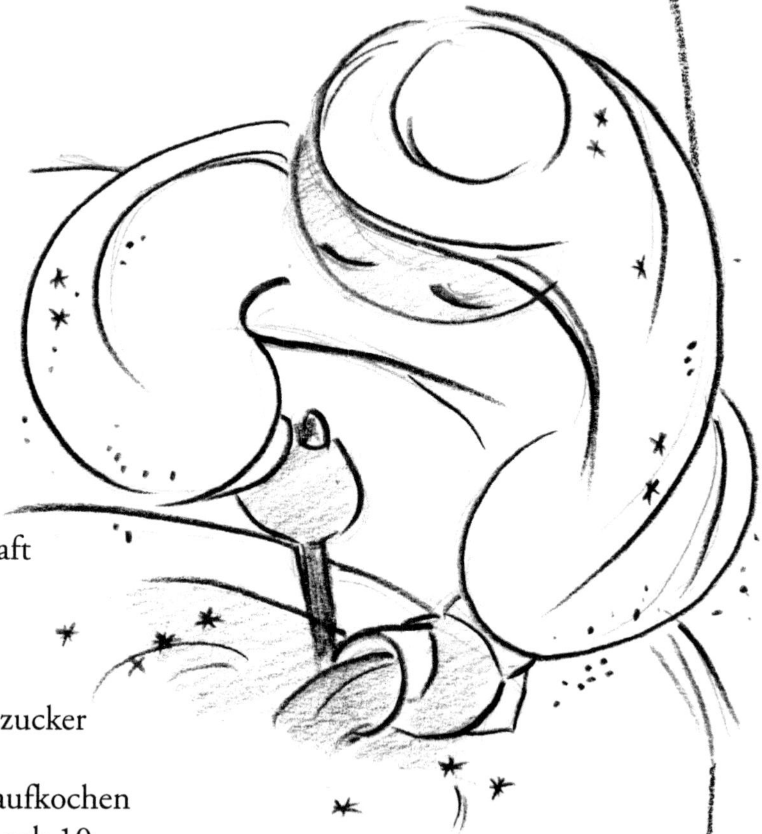

Du brauchst:

400 ml Holundersaft

400 ml Apfelsaft

5 EL Quittengelee

1 Päckchen Vanillezucker

Zutaten mischen, aufkochen und zum Schluss noch 10 Minuten ziehen lassen.

Punschlied

Vier Elemente
innig gesellt
bilden das Leben,
bauen die Welt.

Presst der Zitrone
saftigen Stern,
herb ist des Lebens
innerster Kern.

Jetzt mit des Zuckers
linderndem Saft
zähmet die herbe,
brennende Kraft.

Gießet des Wassers
sprudelnden Schwall,
Wasser umfänget
ruhig das All.

Tropfen des Geistes
gießet hinein,
Leben dem Leben
gibt er allein.

Eh es verdüftet
schöpfet es schnell,
nur wenn er glühet,
labet der Quell.

Text: Friedrich von Schiller
(1759–1805)

22. Sonnengöttin

Im November steht die Sonne bereits tief am Horizont.

Sie senkt sich der Erde zu wie der Bauch einer Schwangeren, der sich am Ende niedersenkt. „Niederkommen“ bzw. „Niederkunft“ hieß es früher nicht umsonst bei einer Geburt.

Die Sonne ist jetzt im Herbst deine Schwester am Himmel. Auch sie bereitet sich vor auf die neue Geburt des Lichts. Bis zur Wintersonnenwende ist nicht mehr lange Zeit, und sie zählt die Tage und Wochen so wie du. Schwanger sein heißt immer auch Warten und die Tage zählen.

Und wer – so wie du – gemeinsam mit der Herbstsonne
schwanger geht, bekommt als Kind gewiss
einen echten Sonnenschein.

Machen graue Herbsttage schöner:
Sonnengelbe Kartoffelpuffer

Du brauchst:

1,5 kg mehligkochende Kartoffeln

1 Zwiebel

2 Eier

2 EL Mehl

Öl oder Butterschmalz

Kartoffeln und Zwiebel schälen und reiben. Eier und Mehl dazugeben und die Masse mit etwas Salz und Pfeffer würzen. Das Öl in einer Pfanne erhitzen und die Kartoffel-Masse portionsweise zu Puffern ausbacken.

Herbst

Schon ins Land der Pyramiden
flohn die Störche übers Meer;
Schwalbenflug ist längst geschieden,
auch die Lerche singt nicht mehr.

Nebel hat den Wald verschlungen,
der dein stillstes Glück gesehn;
ganz in Duft und Dämmerungen
will die schöne Welt vergehn.

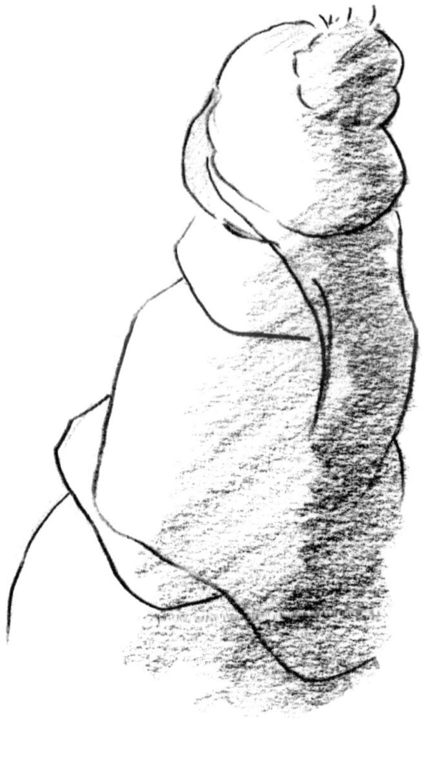

Nur noch einmal bricht die Sonne
unaufhaltsam durch den Duft,
und ein Strahl der alten Wonne
rieselt über Tal und Kluft.

Und es leuchten Wald und Heide,
dass man sicher glauben mag,
hinter allem Winterleide
lieg' ein ferner Frühlingstag.

Text: Theodor Storm (1817–1888) ~ gekürzt ~

23. Nebelfrau

Kein Herbst ohne Nebel.

Man mag ihn leiden oder nicht.

Wenn das Jahr zur Neige geht, breiten sich seine Schleier aus und verschlingen die Landschaft vor unseren Augen. Unser Blick ist „vernebelt“.

Früher kannte man in vielen Gegenden die Nebelfrau, die vom Herbst bis zu den Raunächten über Land zog. Als eher unheimliche „Fetzenmoagl“ ist sie zum Beispiel in Süddeutschland noch bekannt. Heute, wo die kalte Jahreszeit nicht mehr lebensbedrohlich ist, können wir uns einen gelasseneren Blick auf die Nebelfrau leisten.

Sie bringt mit ihren tausend stillen Schleiern Ruhe

über das Land, Ruhe vielleicht auch zu dir.

Novembertag

Nebel hängt wie Rauch ums Haus,
drängt die Welt nach innen;
ohne Not geht niemand aus;
alles fällt in Sinnen.

Leiser wird die Hand, der Mund,
stiller die Gebärde.
Heimlich, wie auf Meeresgrund,
träumen Mensch und Erde.

Text: Christian Morgenstern (1871–1914)

Mutters Nachtgebet

Die Kinder sind zur Ruh' gebracht.
Du wandelst draußen, graue Nacht,
kommst an jedes Bett im Haus,
gehst zu Hund und Katz' und Maus:
Alle halt in deiner Hut,
dass sich keins einen Schaden tut!

In dem Garten, stille Frau,
gib dem Laub, den Blumen Tau,
kühle jedes heiße Dach,
schläfre ein, wo jemand wach:
Alle halt in deiner Hut,
dass sich keins einen Schaden tut!

Text: Carl Ferdinands (1874–1945) ~ gekürzt ~

24. Herbstkind

In die letzten Novembertage
fällt oft der erste Advent.

Vielleicht hast auch du schon die erste Kerze am Kranz angezündet. Vielleicht hast auch du schon eine Wiege aufgestellt für dein Kind.

Advent heißt Ankunft. Bald wirst du dein Kind in den Armen halten, und es wird das schönste Geschenk sein, was nur vorstellbar ist. In deinem Bauch hast du es durch den Herbst getragen, durch raschelndes Laub, stürmische Winde und goldene Tage. Nun geht der Herbst zu Neige und macht Platz für Neues. Im nächsten Jahr wird er wiederkehren wie ein guter Freund und neugierig in den Kinderwagen schauen.

Und wie er dann die Blätter
tanzen lässt vor Freude!

Sonne

Sonne scheint draußen
und scheint in die Stube,
unten am Boden kugelt mein Bube,
greift nach den schimmernden, flimmernden Stäubchen;
ich sitze am Fenster und nähe ein Häubchen,
ein ganz kleines Häubchen aus weißem Batist.

Ob's wohl ein Mädchen ist? –
Und hat's seine Augen, seinen trotzfrohen Sinn,
dann weiß kein Mensch, wie glücklich ich bin!
Bloß Er – Er – sein liebes Gesicht --
„Na Bub? Hast du die Sonne noch nicht?"

Text: Paula Dehmel (1862–1918)

Mein Kindchen ist fein

Mein Kindchen ist fein,
könnt schöner nicht sein.
Es hat mir versprochen
sein Herzchen sei mein.
Blaue Augen im Kopf
und ein Grübchen im Kinn –
O du herzliebstes Kindchen,
wie gut ich dir bin.

Text: Volksgut

Quellenverzeichnis

Kap. 1: Joseph von Eichendorff: „Herbst", aus: Gedichte für einen Herbsttag. Hrsg. v. G. Bull. dtv, München, Neuausgabe 2014, S. 34.

Kap. 2: „Spannenlanger Hansel", aus: Deutsche Volkslieder für Singstimme und Klavier. Hrsg. v. B. Pachnicke, Edition Peters, Leipzig 1981, 7. Auflage, S. 282.

Kap. 3: Eduard Mörike: „Septembermorgen", aus: Gedichte für einen Herbsttag. Hrsg. v. G. Bull, dtv, München 2014, Neuausgabe, S. 33.

Paula Dehmel: „Mit Trommel und Trab", aus: Paula Dehmel: Das liebe Nest – Gesammelte Kindergedichte. Edition Holzinger, Berlin 2016, Neuauflage, S. 33.

Kap. 4: Wilhelm Busch: „Noch zwei", aus: „Zu guter Letzt" in: Wilhelm Busch – Historisch-kritische Gesamtausgabe in vier Bänden. Verlag Vollmer, Wiesbaden und Berlin, Band 4, S. 282.

Kap. 5: „Ringel, Ringel, Reihe" aus: Deutsche Volkslieder für Singstimme und Klavier. Hrsg. v. B. Pachnicke, Edition Peters, Leipzig 1981, 7. Auflage, S. 200.

Kap. 6: Apostelgeschichte, Kapitel 27 – Paulus auf der Fahrt nach Rom, aus: Das neue Testament. Hrsg. v. H. G. Zerenner, Gebauer Verlag, Halle 1799, S. 380. In jüngeren Übersetzung wird der Begriff der „Windsbraut" i.d.R. gegen einen „kräftigen Wind" oder „Sturmwind" o.Ä. ausgetauscht.

Paula Dehmel: „Windfreude", aus: Paula Dehmel: Das liebe Nest – Gesammelte Kindergedichte. Edition Holzinger, Berlin 2016, Neuauflage, S. 50.

Kap. 7: „Das Rübchen" – Russisches Volksmärchen aufgezeichnet von Alexej Tolstoi, aus: „Kater Graustirn – Russische Volksmärchen". Progress Verlag, Moskau 1974, S. 17ff.

Abzählreime aus: Der Wunschring. Hrsg. v. H. Hauser, Kriterion Verlag, Bukarest 1983, S. 211.

Kap. 8: „Bunt sind schon die Wälder", aus: Deutsche Volkslieder für Singstimme und Klavier. Hrsg. v. B. Pachnicke. Edition Peters, Leipzig 1981, 7. Auflage, S. 309.

Kap. 9: Auszug aus „Aschenputtel", aus: Die Kinder- und Hausmärchen der Brüder Grimm. Kinderbuchverlag, Berlin 1968, S. 86.

„Ging ein Weiblein Nüsse schütteln", aus: Der Wunschring. Hrsg. v. H. Hauser, Kriterion Verlag, Bukarest 1983, S. 201.

Kap. 10: Johann Wolfgang von Goethe aus: 365 x ein Gedicht für jeden Tag. Coppenrath Verlag, Münster 2013, Kalenderblatt für den 3. November.

Kap. 11: Auszug aus „Rumpelstilzchen", aus: Jakob und Wilhelm Grimm: Grimms Märchen. Lechner Verlag, Genf 1996, S. 220f.

Paula Dehmel: „Geht leise", aus: Paula Dehmel: Das liebe Nest – Gesammelte Kindergedichte. Edition Holzinger, Berlin 2016, Neuauflage, S. 7.

Kap. 12: Georg Christian Dieffenbach: „Beim Kartoffelfeuer", aus: Digitale Sammlung Ernst Giger, 2013, S. 151.

Kap. 13: Johann Wolfgang von Goethe: „Faust I". Büchergilde Gutenberg, Berlin 1932, S. 127.

Kap. 14: Friedrich Hebbel: „Herbstbild", aus: Gedichte für einen Herbsttag. Hrsg. v. G. Bull. dtv, München 2014, Neuausgabe, S. 67.

Kap. 15: Hans Christian Andersen: „Die Prinzessin auf der Erbse", aus: Andersens Märchen. Loewes Verlag, Stuttgart 1958, S. 116.

Kap. 16: Rainer Maria Rilke: „Herbsttag", aus: Gedichte für einen Herbsttag. Hrsg. v. G. Bull. dtv, München 2014, Neuausgabe, S. 58.

Kap. 17: August Heinrich Hoffmann von Fallersleben: „Ein Männlein steht im Walde", aus: All mein Gedanken – Deutsche Volkslieder. Hrsg. v. B. Pachnicke. Edition Peters, Leipzig 1989, S. 291.

Kap. 18: „Wiegenlied" aus der Liedsammlung „Des Knaben Wunderhorn", zitiert nach: Großmutter und Enkel – Ein lustiges Büchlein für Kleinkinderschulen und Ammenstuben. Hrsg. v. A. Lenz, Verlag von Theodor Bläsing, Erlangen 1838, S. 52.

„Es klappert die Mühle am rauschenden Bach", aus: All mein Gedanken – Deutsche Volkslieder. Hrsg. v. B. Pachnicke. Edition Peters, Leipzig 1989, S. 22.

Kap. 19: „Suse, liebe Suse", aus: Kinderreime und Kinderlieder aus „Des Knaben Wunderhorn". Hrsg. v. H Preißler, Der Kinderbuchverlag Berlin, Berlin 1970, S. 17.

„Ich gehe mit meiner Laterne", aus: Deutsche Volkslieder für Singstimme und Klavier. Hrsg. v. B. Pachnicke. Edition Peters, Leipzig 1981, 7. Auflage, S. 292.

Kap. 20: Heinrich Seidel: „November", aus: Gedichte für einen Herbsttag. Hrsg. v. G. Bull. dtv, München 2014, Neuausgabe, S. 103f.

Kap. 21: Friedrich von Schiller: „Punschlied", aus: 365 x ein Gedicht für jeden Tag. Coppenrath Verlag, Münster 2013, Kalenderblatt für den 30. November.

Kap. 22: Theodor Storm: „Herbst", aus: Gedichte für einen Herbsttag. Hrsg. v. G. Bull. dtv, München 2014, Neuausgabe, S. 63.

Kap. 23: Christian Morgenstern: „Novembertag", aus: Christian Morgenstern – Gedichte, Verse, Sprüche. Lechner Verlag, Genf 1993, S. 524.

Carl Ferdinands: „Mutters Nachtgebet", aus: Kinderland, du Zauberland. Alfred Hahn's Verlag, Esslingen 2003, S. 22.

Kap. 24: Paula Dehmel: „Sonne", aus: Paula Dehmel: Das liebe Nest – Gesammelte Kindergedichte. Edition Holzinger, Berlin 2016, Neuauflage, S. 58.

„Mein Kindchen ist fein", aus: Für Mutter und Kind. Theodor Stroekers Kunstverlag, München 1881, S. 7.

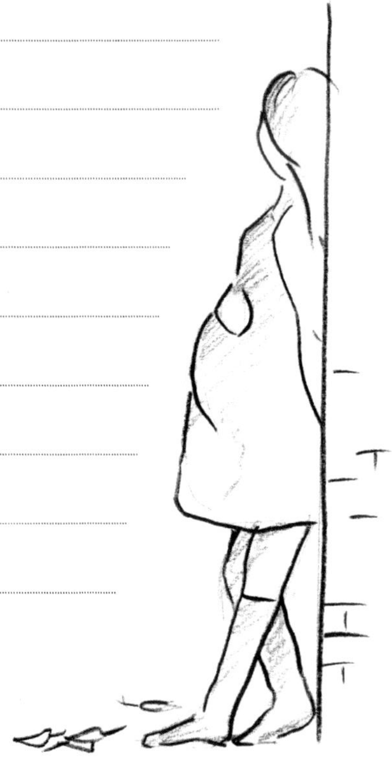

Weitere Bücher von Nicole Schäufler

Weitere Bücher von Nicole Schäufler

Buchempfehlungen des Verlags edition riedenburg

Unsere Bücher gibt es in der nächsten (Internet-)Buchhandlung und auf

www.editionriedenburg.at

Bibliografische Information der Deutschen Nationalbibliothek
Die Deutsche Nationalbibliothek verzeichnet diese Publikation in der Deutschen Nationalbibliografie; detaillierte bibliografische Daten sind im Internet über http://dnb.d-nb.de abrufbar.

Die Rechtschreibung historischer Texte wurde teilweise an heute gebräuchliche Regeln angepasst.

1. Auflage	Mai 2019
© 2019	edition riedenburg
Verlagsanschrift	Anton-Hochmuth-Straße 8
	5020 Salzburg, Österreich
Internet	www.editionriedenburg.at
E-Mail	verlag@editionriedenburg.at

Lektorat	Dr. phil. Heike Wolter, Regensburg
Satz und Layout	edition riedenburg
Herstellung	Books on Demand GmbH, Norderstedt

ISBN 978-3-99082-026-1